小野人 014

一閃一閃小銀魚③

世界原來這麼大

【人與世界｜猶太教育啟蒙小聖經，2～8 歲必讀】

作者簡介

保羅・寇爾
Paul Kor，1926 ～ 2001

★以色列國寶級童書作家
★以色列貨幣及郵票設計之父

保羅・寇爾生於法國巴黎的猶太家庭，22 歲移居以色列，是以色列現代紙幣及郵票的第一代設計師。他出版超過 20 本暢銷童書，《小銀魚三部曲》是其中最經典也最暢銷的作品，不僅一舉摘下以色列殿堂級「Ben Yitzhak Award」童書插畫獎、收藏於以色列國家博物館中，也成為每一位猶太兒童必讀的「生命教育」啟蒙繪本。可以說，猶太人的啟蒙教育，從《聖經》和「小銀魚」開始！

作　　　者　保羅・寇爾（Paul Kor）
譯　　　者　羅凡怡
總 編 輯　張瑩瑩
副總編輯　蔡麗真
主　　編　鄭淑慧
責任編輯　陳瑾璇
行銷企畫　林麗紅
印　　務　黃禮賢、李孟儒
封面設計　周家瑤
內頁排版　洪素貞（suzan1009@gmail.com）

社　　長　郭重興
發行人兼
出版總監　曾大福
出　　版　野人文化股份有限公司
發　　行　遠足文化事業股份有限公司
地址：231 新北市新店區民權路 108-2 號 9 樓
電話：（02）2218-1417　傳真：（02）8667-1065
電子信箱：service@bookrep.com.tw
網址：www.bookrep.com.tw
郵撥帳號：19504465 遠足文化事業股份有限公司
客服專線：0800-221-029
法律顧問　華洋法律事務所　蘇文生律師
印　　製　成陽印刷股份有限公司
初　　版　2018 年 07 月

一閃一閃小銀魚③
世界原來這麼大

線上讀者回函專用 QR CODE，您的寶貴意見，將是我們進步的最大動力。

一閃一閃小銀魚 ③

世界原來這麼大

以色列繪本之父

Paul Kor 保羅‧寇爾——著　　羅凡怡——譯

野人

在深藍色的大海裡，
小銀魚閃閃已經是個大明星了。

在閃閃的心裡，世界就是一顆
大水滴。
他從來沒聽說過陸地，
直到有一天……

他看見
一隻黃色大腳潛進海裡。
閃閃不只名氣大，
好奇心也一樣大，
看到這麼奇怪的東西，
他忍不住游過去，
愈靠愈近，

還輕輕的碰了一下，
結果⋯⋯

一個好大的頭
向閃閃撲了過來！
是鵜鶘！
這隻大鳥原本漂在海上睡午覺，
一受打擾就生氣的怒吼：
「你這小子真沒禮貌！
誰告訴你可以摸我的腳？
我應該一口吞了你才對！」
說完就張大了嘴。

閃閃趕緊翻身游開。
「對不起！對不起！
我不是故意的，
請不要吃掉我！
我只是一隻小魚，
一點都不好吃，
也絕對不夠營養。」

這時，鯊魚突然出現了，他低聲說：
「鵜鶘，我勸你最好別找他麻煩。
這隻小魚有個大塊頭好朋友——
小鯨魚會保護他，
誰找他麻煩誰就倒楣。
不久前我才得到教訓！」
（自從那次事件之後，鯊魚開始吃素，
現在只吃海草過日子了。）

鯊魚害怕碰到小鯨魚，
說完話就趕緊溜走了。
但是鵜鶘聽了卻很興奮，
靠向閃閃，說：
「天空中的飛鳥都知道大海裡發生的事，
我們都聽說過小銀魚英勇過人的故事。
真高興認識你，你可以叫我沛沛。」
閃閃聽了也好開心，他說：
「謝謝你，我的朋友都叫我閃閃。
沛沛，你住在哪裡呢？」

鵜鶘回答：
「我住在陸地上。
陸地跟海洋不一樣，那裡比較乾，
不像大海這樣到處都是水。」

閃閃大叫：
「怎麼可能！
你看，這裡到處都是水啊！」

鵜鶘笑著說：
「這個世界比大海還要大得多呢！
大海以外還有陸地，
陸地上面還有很多你沒見過的動物。
你想看看嗎？要不要跟我一起去探險呢？」

閃閃難過的嘆了一口氣說：
「我很想跟你一起去探險，
可是你忘記我是魚了嗎？
沒有水我就不能呼吸了啊。」

鵜鶘說：「我想到一個辦法了！」
一邊張開他的大嘴，
「我可以在嘴巴裡裝滿水，
這樣你就可以在裡面游泳了。」

閃閃有點害怕，他問鵜鶘：
「如果我跳進你的嘴裡，
你會把我吞下去嗎？」

「不會！絕對不會！我發誓！
鵜鶘絕對說到做到！」

於是，沛沛把大嘴巴裝滿了水，
變成一個大浴缸，
讓閃閃跳進去，
濺起了一片水花。

大鳥帶著小銀魚一起，準備飛離海面。
閃閃的朋友都跑來
和這個勇敢的探險家揮手道別：
「一路順風！」
「再見！」
小鯨魚激動的流下眼淚：
「小心一點，不要太靠邊，免得掉下來喔！」

一開始，他們飛越了藍色的大海。
閃閃看著海面上一道一道的白色浪花，
心想：「我的家好美啊！」
接著，閃閃看到了他從沒見過的東西。

閃閃問：「那些一堆一堆冒出海面上的，是什麼啊？」
沛沛回答：「那就是陸地。
陸地的邊緣是海岸，
那裡有黃色的沙，
棕色的土
和綠色的田野。」

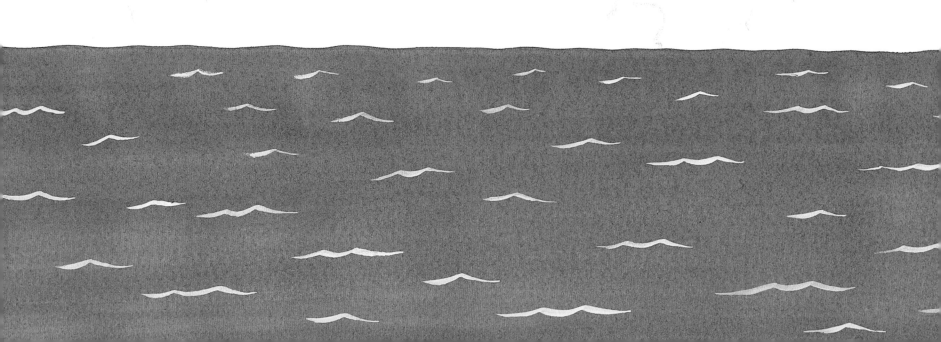

閃閃對鵜鶘說：
「沛沛，我準備好了，可以出發囉。
可是請你不要飛太快喔！」

閃閃的大星你閃閃吧。

「太美麗了！」
閃閃讚賞的叫出：
水龍捲們都飛過來圍繞了。
從遠遠送行的魚兒，
搖搖拍拍翅膀，飛飛飛呀，飛飛飛呀，

閃閃有點失望：
「就這樣啊？上面沒有水，
而且看起來到處都一樣，
這就是陸地？
我住的大海美麗多了，
海裡有魚、有貝殼、有海草，
什麼顏色都有！
還有海浪！」

鵜鶘笑著說：「等一下，等一下，
等一下你就知道
陸地一點都不無聊，
也不是到處都一樣。
你看，陸地上也有波浪！」

他們飛越如波浪般起伏的陸地。

閃閃驚奇的問：「這裡的海浪怎麼這麼高？」

鵜鶘回答：「那不是海浪，是由岩石和土壤組成的山。」

閃閃又問：「那隻海星在山上做什麼？」

「噢！閃閃，不要逗我笑出來，

不然我會害你掉下來！

那不是海星

那是山上盛開的小白花。」

這時，有隻山羊正在山上開心玩耍，
看到有隻小魚在鵜鶘嘴裡開心玩耍，
嚇得差點從山上跌下來。

他們飛過熱帶叢林，
再飛過溫帶森林。
閃閃向森林裡的每一種動物一一打招呼，
也幫大海裡的朋友問候他們。
「我叫閃閃，你們呢？」
所有的動物都很興奮，紛紛向閃閃自我介紹。

小銀魚看得目瞪口呆。

我是袋鼠。

我是斑馬。

我是鴕鳥。

我是長頸鹿。

我是猴子。

我是大象。

我是獅子。

閃閃在陸地上也出名了！

我是兔子。

我是狐狸。

我是豪豬。

我是熊。

我是鹿。

我是松鼠。

我是烏龜。

我是乳牛。

你要來一點牛奶嗎？

當他們飛越城市，
閃閃更是驚訝到了極點。
他問鵜鶘：「下面那些動物是什麼呢？
看起來好像我在叢林裡看到的猴子。」
沛沛解釋：「那不是猴子，是人類。
那些奇怪的山丘是他們蓋的房子。
人類這種動物很聰明，可是有點怪。」

閃閃太興奮了，
為了想看清楚陸地上所有的東西，
他不斷往前靠，
完全忘記小鯨魚提醒過他要小心。
當他又往前靠一點……一不小心就
咻！掉了出去！

「救命啊！！」

還好抓魚是鵜鶘最拿手的事情了。
沛沛立刻往下俯衝，
張開大嘴，
接住！
沛沛又快又穩，一口接住了閃閃。

「你這個小搗蛋！
跟你說過要小心呀！
還好你平安無事。
好吧！我想你看得也夠多了，
差不多該送你回家了。」

回家途中，一路平安順利。
「閃閃，快看看下面，
你的朋友都在等你呢！
我們該說再見了，
希望你玩得還愉快。」

「謝謝你，沛沛，我玩得很開心！
現在我知道這個世界並不只有水而已。
在大海以外，還有陸地、人類和其他動物。
謝謝你帶我去探險，
讓我知道世界原來這麼大！」

鵜鶘潛入水中，
張開嘴巴讓閃閃游入大海，
結束了這段旅程。

「怎麼樣？好玩嗎？
你看到了什麼？去了哪裡？」
海裡的每個朋友都想知道。
閃閃告訴他們這個世界有多麼美妙，
分享他所看到、聽到的一切。

閃閃好開心，
小小的身體比從前更加閃閃發亮。
他對朋友說：